けやき

和里田孝子歌集

ふらんす堂

けやき／目次

歌集

けやき

カバーイラスト「早春の鴨川」・著者

柳萌ゆ

無造作にさしし柳のひと枝の十日まり経て緑萌え出づ

車窓より大根花の紫の清らかなるを折々に見つ

山並みは淡き緑と濃き緑ところどころに山つつじ咲く

四十四年おのれに厳しく努め来し父に今日しも叙勲ありたり

高校の入学決まりし長の子を囲みてはずむ子らの声かも

雑詠

二千余の若き男の子等奮い立ち今日運動会道灌山に

からからと鳴るに眼をあぐマンションの高きベランダに鯉幟あり

立ち昇る荼毘の煙を見上げつつ心鎮めて手を合わすなり

山あいの駅に降り立てば両側よりせまる峰々冷気ただよう

同窓の友どち遠く集い来て肩叩きあう声の若しも

紫陽花

紫陽花を賜いたるより待ちていし雨したたかに降り来つるなり

梅雨晴れて窓開け放ちいる部屋の素足に触るる畳さわやか

紫陽花の色あせて見ゆるこの朝梅雨の明くるも間近かなるらし

様々な思いを持つや人の群れ黙々と歩む朝のターミナル

競い合いし友留学すと便りあり主婦なる我の心みだるる

夏日抄

梅雨の日に赤きサンダル求め来て夏の日射しを心待ちにす

暑き日の終わりに浴ぶる一桶の湯水は我の体にしむる

霧にけぶり薄き藍なる浅間山ひと日を変えずそのたたずまい

文学の小道歩みて千光寺海風の中蟬の声聞く

数々の島に向いて尾道の町の家はも軒繁く並べる

秋

紫陽花の海と題せる友の絵は紫の色流したるごと

体育着の女子高生ら走りゆくあらわの脚線のびやかにして

それぞれの乙女の見目の異なれど体操の足なべて眩しき

己が意志通して入りし学校なり今日体育祭吾娘の瞳輝く

夫一人任地にゆきて二年経つ慣いとなれどさらに淋しき

転　勤

引越しの荷物出されて住み慣れしそれぞれの部屋よそよそしけれ

二年を住みし官舎を見やりつつ門の錠前しかとかけたり

夕焼けに染むる内海渡りゆく背後に山の稜線追いくる

まなしたの町の夜景は昼の間の喧噪鎮めてネオン瞬く

ウェルカムと花束贈られ新しき夫の任地に緊張ほぐれぬ

入学試験

つのる不安こらえきれずや吾子はつと走り行きたり合格発表場へ

いたずらのU君今日は目を赤くさせて告げおりその合格を

夕暮れの雪道さらに冷たけれ不合格の子はうつむき帰る

柿の木の裸の枝のそれぞれに春の水雪とどめて光る

蓬餅

好物の蓬餅つき迎えらるる久方ぶりなる母のふる里

我がためと祖母の作りてくれましし蓬餅なり色も香もよし

春日向選りて歩めり遍路道田の切り株に萌ゆるさみどり

日の暮れの遅きこの頃主婦たちのお稽古帰りものどやかにゆく

四　月

待ち待ちし桜咲きたり薄紅の花を見上げて人ら佇む

木蓮も桜も咲きぬ公園のブランコ揺らし幼子遊ぶ

新しき制服の子の目につきぬ四月の朝の通勤電車は

我が好む番組なれば譲らずて一人見入るに心落ち着かず

朝まだきベランダに物を干す我の踵のあたり日の射しきたる

土産

お土産の名物あれこれ出し並べ遠足の吾子寝入りてしまう

遠足の土産とて吾子小遣いをはたきたるらし新茶買い来ぬ

地下鉄が地上に出でて車窓にはキャンパス見えて胸の広ごる

単身赴任の夫の電話は風邪と言い声も変わりて咳も聞こゆる

空を飛ぶ

離陸して我の目に入る海と空境無くして薄き紫

飛びゆける我が機のめぐりの雲の色オレンジ色あり紫色あり

手をのばし触わりてみたき白き雲八千メートルの高度飛びつつ

その彼方日の沈みつつ富士の山陰暗くして雲海に立つ

飛びゆける我が機の影は真下の雲に小さき形落として

四国へ

真夏日を受けて南国土佐の山みどりの色の眩しきまでに

海峡に潮満ちくればうず潮の白波たてて今盛んなる

白き弧をえがける浦戸大橋の湾を跨ぎてかかれるが見ゆ

水平線も定かならざり太平洋桂浜辺に見放けて立てば

夏逝きぬ

夏休み終りて今朝は思いきりはたきをかけぬ子供等の部屋

三十八度の残暑の過ぎて通勤の人等の装い長袖となる

吹く風を涼しと覚ゆる九月の朝それぞれの木に葉の陰多し

塀際の日日草に早や日射し届かずなりし九月の半ば

ひと夏を咲き続けたるゼラニューム未だ蕾のかたまりてあり

牟岐線に乗る

遍路姿の媼電車に座りても菅笠の紐ゆるめるとせず

九十度にも腰折り曲げて札所寺の石段登る媼おりけり

終着駅海部に降り立ちて牟岐線の乗車達成を足に確かむ

風向きの変わりたるらしオーエスの歓声近く聞こえてくるも

年の瀬

年の瀬の客呼ぶ声と競うごと大売出しの幟はためく

出勤の人の群より吐く息の白く見えつつハッハッと立つ

灰色の時雨の空に大欅黒く見えつつ風に揺れおり

風に散る銀杏黄葉はくるり舞いやがて直線に落下しゆく

大欅落葉したれば見通しよく家々の屋根つまびらかに見ゆ

冬の空

強き風雲散らしつつ冬空は藍みずみずしく広ごりにけり

欅大木の枝広げしが我が窓の四角を額とし切り取らるるも

たわみつつ平行に走る高圧線の先は一つになりて見ゆるも

久々の雨を含みて柿の木の肌黒々と朝日に照れり

陽のまさに昇らんとしてたなびける朝雲茜に縁どられきつ

冬の樹々

楠の大樹に風のわたる時それの葉群の光りて動く

黒松の太き幹はも苔生して亀甲のごとき模様作れる

落葉せる銀杏大木のその梢細く鋭く天をさすごと

黄色なる小花咲きたり未だ枝に枯葉の多きシナマンサクは

啄木の終焉の地とある石碑高きマンションの狭間に見たり

思いがけず遮るものなく真白なる富士の見えたりここ保谷にて

水雪

木犀の葉のそれぞれによべ降りし水雪ぽっとり積もりているも

長雨の晴れて弥生の日のもとに紅梅一際華やぎて見ゆ

春彼岸雨降る中を鎮もれる被服廠跡の震災記念堂

高速道の頭上を走れる下にいて隅田川の昔の話聞きおり

見上ぐれば柿の梢にまろき芽のぽつぽつ見えぬ卯月一日

若葉萌ゆ

若葉萌ゆる狭山丘陵を行く電車の二本のレール白く光れる

遠山は黄緑色にかすみ見ゆ樹々の新芽の今萌ゆるらし

山あいの水の流れは岩越えつつ逆巻く波の激しかりにき

桜散り枝に残れる蕚あまた紅の色花とも見えて

三年余の単身赴任より帰り来し夫は見上げぬ子等の背丈を

夕立

夕立の雨足舗道をたたきつけ水のはじける音すさまじき

ちぎれ雲真綿のごとき艶もちて常より高き空に広ごる

稜線は十三階なる大窓を対角線に切りて迫るも

若き日にヒッチハイクせし伊香保路を観光バスに揺られて行くも

夏の日

梅雨晴れて額紫陽花の花びらのみな水平に陽の光受く

夏の朝まだきに過ぎゆく一台の自動車の音清しと聞きぬ

白き雲たなびく空の青の色わずかに薄れつつ夕暮れ近し

立川の基地の跡なる公園に横文字薄れし廃屋のあり

夏日詠

台風の去りたるあした樹々の葉のまなこ射る如日を照り返す

青々と広ごる稲田に松の木の数本ありて影を落とせる

岬端に立てば我が身は夏の日の海と空との真青の中なる

我が知れるなべての蟬の鳴きており海に突き出しこれの岬に

濃く淡く藍色なして信州の山並み遥かに連なりてあり

夜深く灯る街灯に一本のアカシヤの花白く浮き立つ

同期会

スクラムを組みて歌えり同期会ためらいもなく若きに返る

面差しに鋭さいささか消えし君宴リードする昔のままに

乙女等の憧れし君も四十路越ゆ白髪交じりて二児の父とう

盛り上がる雲の彼方の明るさよそこによき国あるやと思う

厨辺に夕餉の支度する吾娘を耳に追いおり風邪に臥すわれ

落ち葉

足許を落ち葉触れゆく霜月の朝なり木枯らし一号吹ける

秋日射すベランダに居て聞こえ来ぬ舗道を吹かるる落ち葉の音の

長き影舗道に並びてさわらの木その間隔の皆同じなる

欧風の迎賓館の前庭は松の木ばかり植え込みてあり

ワープロの変わる画面の確かさに老い母言うも賢いねぇと

メカニズム問う我に言うパソコンは無心に覚えよと中二の吾子は

真青の空

投げ上げしボール落ち来る束の間を真青の空の目には沁みけり

クリスマスの明かりつけたる繁華街昼にも増して華やぎて見ゆ

若き等に交じりて買い来しチョコレート単身赴任の夫に贈りぬ

赴任先に夫を残して帰る日に大根人参あれこれ買いおく

繰り言を書きつけ文字の乱れたる文そのままに出してしまいぬ

友の夫自ら命絶ちしという単身赴任の札幌にありて

雨音

激しかる雨の音かも新しき年の初めに清しと聞きぬ

朝の五時行ってきますと言う吾子の吐く息闇に白く浮かびぬ

葉を落とし欅は枝の細きまでくきやかに見す真青の空に

柿の木の枝の落とされて切り口の真新しきが白々として

大いなる柿の木の枝落とされて丸き切り口あちらこちらに

裸祭り

御宝木獲得せんと境内にひしめき集う男の子八千余人

裸なる男の子ひしめくその群に水かけやれば湯気の立ちくる

弱々しき冬の日射しに布団干し落ち着かぬまま終日過ぎぬ

合格の発表見入る我が内の鼓動激しも胸痛きまで

人気なき工事現場にブルドーザーの夕つ日受けて静かにありぬ

東御苑

我が歩む靴音高きゆ返りくる皇居東御苑石畳の道

近寄りて見上ぐる皇居の石垣の大きなる石我が丈ほども

大手門くぐりて堀を隔て見る皇居東御苑静もりており

花咲くを待ちて見上ぐる桜木の蕾はつかに匂うを覚ゆ

くれないの蕾つけたる桜枝の先に二つ三つ花の咲きおり

さきたま古墳

さきたまの古墳に登り見はるかす麦の畑に穂波立ちくる

広ごれる麦の畑中九基ある古墳は円墳前方後円墳

フリル付きのズボンをはける案内人の古代人めく埼玉古墳

やわらかき柿の若葉は日を受けて黄の花咲ける如く明るむ

住職の丹精込めて育ている紫草一本いまだおさなし

大輪の紅の椿の五つ六つ地に落ちており雨の国分寺

栃の木

生い繁る栃の大樹に近寄りて見上ぐる梅雨空明るしと見つ

木の間より光一筋射し来たり広ごる苔の一点明るめり

銀杏木の伸びたる枝のそれぞれを縁どる如く新葉のつきぬ

スペインは朝の九時とう妹の電話受けたり夕餉の刻に

玄関に見送る我を振り返り修学旅行に子は発ち行きぬ

帰郷までの六十余日の丸を書き日毎消すとう寮生なる君

激しきリズム

エレキバンドの激しきリズムとその音に囲まれおりて何も聞こえず

激しかるリズムと音のエレキバンド我が身の芯より揺さぶらるる如し

高層のビルより出でて街路樹の中より聞こえ来油蟬の声

前を行く幼らの傘の五つ六つ時に寄りあい時に離れて

隣より水かぶるらしき音聞こえ暑き一日をふりかえりみる

白寿の祝い

おおははの白寿の祝いに侍る娘のそれの齢は喜寿と古希なる

懸命に声大きゅうし挨拶をし給う祖母は九十九歳

白寿なる祖母の挨拶し給うを聞きつつ胸にこみ上ぐるもの

気負いなく日々を詠み来し祖母が歌白寿の記念に歌集編みます

嫁が君と詠みける祖母が歌一首内なる葛藤祖母にも有りしか

帰り行く我等送ると石段を一段一段降ります祖母は

夏の旅

樹氷林青森とどまつ夏の日に梢を密に繁らせており

峠駅過ぎてレールの鳴る音の軽く響きぬ奥羽本線

大鍋のこんにゃく玉を売る媼日焼けせし顔その玉に似る

首を振るリズム合わせて境内を鳩の親子が並びて歩む

都心の秋

秋日射し強きにかざす我の手の指に止まりし赤とんぼひとつ

瞬間を車のライトに照らされて紅の色見ゆ落ち葉ひとひら

隅田川立ち並ぶビルの狭間を歩みつつ見上ぐる空の細かりにけり

東京駅の高きにおりて見下ろせる線路の数多いずこに行かん

東京駅のホームを見下ろし思い出づもう逢うまじと見送りし人を

隅田川

隅田川にかかれる橋に佇みて見る両の岸ビルのひしめく

隅田川の河口近くのビルの群夕つ日受けて異国に似たり

朱の色の鳥居のありてくれないの楓紅葉の散れるみ社

海水の作りし壁とも見ゆるまで幅なし高き大波寄せくる

初日差注げる池面に鴨あまた黒き影なし動くともなし

テニスコート

音たてて風吹きぬくるテニスコートコーチの掛け声絶え間なく飛べり

ラケットのボール打つ音乱れ飛ぶテニスコートに冬日ぬくとし

年の頃我が子程なるコーチ言う我が打つ球の力みすぐると

時ならぬ春めく風の吹きしのち黒雲にわかに空を覆えり

トンネルをぬくるとまさに雪ありて冷気襲いき越後湯沢は

終日を滑りし雪の山裾に灯りともりてまたたきており

冬の旅

流れ来し流氷の群動かずて雪降り積もるオホーツクの海

流氷の重なり合えるそのあわい緑の色の透けて見えたり

見渡せる限りが雪に覆わるる白きが中に我佇ちいたり

夕つ日の入りゆくあたりか雪原の彼方ほのかに茜さしたり

雪深き広き原野に一筋の落葉松並木続きおりけり

雪原の雪舞い上がり我の乗る列車に沿うごと風に吹かるる

雪原の面走りゆく地吹雪の激しき中を裸木の立つ

我が乗れる特急列車の通過せるホームに雪の高く積む見ゆ

停車せる夜汽車の窓より見通しの駅舎の灯り恋しと思う

日の暮れて車窓に見ゆる村の景雪深き中に明かりの灯る

一メートル四方ほどにか区切られし車窓に降れる雪片あまた

吉野へ

豊かなる水をたたえて水張田の水面光れり田植え間近し

吉野杉の林ゆ昇る一筋の霧ゆるゆるとやがて広ごる

山越えの自動車道か若葉萌ゆる吉野の山に見え隠れする

雨やみて楓若葉のそれぞれの葉先に雨の露の光れる

山木々は一本一本異なれる若葉の色を持ちておりけり

再就職

高層のビル見上げつつ六月の朝歩めり再就職の日に

我を生かす仕事のいまだありたりと早起きをしぬ再就職の日

初出勤の一日を終えし我に言うどうだったのと三人の吾子は

階段を駆け上がりては駆け下る慣いとなりぬ朝の出勤

乗り込みし電車のドアの閉ざされて我は一日家を離るる

人気なき校庭に雨たたきつけ地図を描くがに水たまりゆく

夏の一日に

葉の裏を返して風に吹かれいる楠の葉群の日に輝けり

さわさわと風渡る中風力計の回る音するひときわ高く

午前二時欠伸しつつも話しいる二十年ぶりの友と我はも

数えつつ高層のビル見上ぐれば我が身も昇りてゆく心地する

焼け跡の記憶残れる新宿の高きビル街我が勤め場所

葉　群

台風の襲うとうニュース聞きし朝流るる如く雲動きゆく

日の光は重なり合える木々の間を縫いきて雨戸にゆらゆらゆれいる

我が両手広げて余る大扉木目鮮やか屋久杉という

異なれる木々の葉群は重なりて互い互いの色を持ちおり

並木道

たゆたえる波のまにまに身をまかせ水面に浮かぶ都鳥あまた

雨足の激しくなりぬ欅並木濡るる舗道に落ち葉のあまた

真白なるコスモスの花見やりつつ歩む朝の風の冷たし

十一月詠

蕾持つ時を気づかず過ごし来て今眺めおり山茶花の花

七五三の祝いの親子歩み行く道の垣根に山茶花の咲く

夕餉取る受験の吾子の面立ちを湯気立つ鍋の向こうに見やる

弟ともつれ合いては大声をあぐるも楽しらし受験の吾子は

少年というテレビドラマの中学生僕は子供だと叫びておりぬ

公園にいて

都心なる公園にいて行き交える車の音をはるけく聞きおり

作業着に身を整えて落ち葉掃く翁箒の勢いのよし

よべ降りし雪を被きて欅木の三本そびゆる真青の空に

よべの雨都心のビルを洗いしか常より深く息を吸いこむ

ソフトクリームなめる子もあり林檎食む子もあり原宿竹下通り

正月の三日を過ぎて開け放つ我が家に我の一人しおりて

受験生

ただただに子の熱の下がるを願いつつ夜の明け待ちし今日受験日

熱のある子を励まして入試にと送り出しぬ我に力の欲しも

子の受くる入試科目の終わるごと時計見やりて一日過ごしぬ

「終ったあ」と大声あげて玄関に立つ吾子の顔笑顔なりけり

ジーパンを好める吾娘も朱の色の振袖着たり今日成人式

似合うじゃんと言う弟にVサインして見せる振袖の吾娘

神苑

網の目の如くに空をおおいたる欅の枝先かすかに揺れいる

神苑の常盤木の中裸木は霞の如く風に揺れいる

神苑の玉砂利踏めるその音のただに響けり一人歩めば

このところ迷う心のある故かふと思い立ちみ社に合掌

背を丸め試しみせつつヨーヨーを商う媼童女の如し

四月と五月

合格の袋持つ子と持たぬ子に行き合いにつつ合格発表場へ

父母も吾子も祖父母も望みたる大学なりき今日入学式

日を透かし重なり合える欅若葉濃きと薄きの緑をなせり

むせかえる若葉のにおい襲いきて我は佇み深く息する

見送り

人垣ゆひときわ高く手を上げて吾子は旅立つアメリカの国へ

見送りはいいよと言いて飛び立ちし吾子の乗る機をしかと見送りぬ

けだるかる通勤の朝目をむきて学校へ走る少年に会いぬ

振り返る夫らしき人に手を振りて見送る媼あり通勤の道

信号を渡る人らの傘の群れ一つ一つが上下に揺れいる

駆け込みし電車の中の静もりて我が吐く息のみ聞こゆるごとし

揖斐の町へ

遠き日に夫と初めて住みし家跡形もなく平地となれる

稲の花の香りかすかに匂い来る青田の中を電車に揺らるる

小さなる二両連結車右左に揺れつつ青田の中ひた走る

黄色なるTシャツの青年広ごれる青田の中をオートバイに行く

住みていし町一つ一つ訪ね来て会う人なけれど心の弾む

遠雷

遠雷の音聞こえきて高層のビルの小窓に明りのともる

はげしくも車の行き交う道の端の草叢中に虫の鳴きおり

連敗の力士に声かくるほろ酔いの人もおりけり両国国技館

アメリカ製とうGジャン腰に巻き付けて吾子帰りくる二か月ぶりに

秋雑詠

たっぷりと日を受け乾くTシャツの日向の匂いす久しぶりなる

常盤木の木立の彼方に一本の紅葉の大樹明るみており

日の落ちて夕焼け空に階段をなしたるごとくビルの影あり

車窓より日の射し込みて我が膝のぬくとかりけり今日し立冬

手と足の動き未だままならぬ幼子笑まいて這い這いし来る

我が家の南に立てる柿の木のなべて葉の落ち空の広ごる

冬の日

常日頃我が通る道の水打たれ清められいし大晦日の夕

土煙白くかぶりて生垣は冷たき風にかさかさ吹かるる

寒けれど地下道ゆかず朝日受け行くが慣いぞ冬の出勤

早よ切れとせかする里の母なれどこの頃電話の少なしと言う

天皇の崩御のニュース流れくる朝に百舌のしきり鳴きおり

再会

二十年ぶりの君が再会待ちわびる心のあれど恐れもありて

二十年の時を隔てて会う君の立ちませるもとへ我走りゆく

一筋の道極めたる君なりや定年迎えてその面清し

語りかけに見開く瞳の変わらねど君が意識の未だ戻らず

二月前またねと言いて別れしを身動きもせず君は眠りおり

三月

つんとしてすませる如き白木蓮朝日を受けてみな上を向く

試験結果ただに待ちいる吾子と我日ごと春めく日射しの眩し

四月

四月という転勤の月めぐり来て夫は三度の単身赴任せり

夫がため単身赴任の身支度をあれこれ整え休暇終わりぬ

夕つ日に照る海原をさざ波のひとつの方に絶ゆることなし

岸に沿いちかちか光れる町の灯の湾を囲みて線を作りぬ

高三の棒倒しの競技近づきて裸の子等の顔険しくなる

一日の競技終わりて整列する子等の横顔日に焼けており

火口

真夏日の静かなる海渡りゆく船は真白き水泡引きつつ

有明の海を隔ててかすかなる雲仙岳の稜線見ゆる

ダムの底に沈む日近き一軒のこの宿まさに谷の底にあり

その昔溶岩流れし火口の辺に刈取り間近き稲田の広ごる

大きなる火口のめぐり斜めにも縦にも横にも削られし跡

夏の思い出

日焼けせし船頭細き身をしなわせ竿さばきゆく柳川下り

岸に咲く花のいろいろ映しいる川をゆくなり柳川船下り

木曽川の岸辺に宿り逆巻ける川の流れを終日聞きおり

庭先に夏の花々咲かせいる一軒の家山あいに見ゆ

母と旅して

娘らと古希祝う旅に発つ母は手ずから弁当作り来ませり

今日の旅待ち待ちていし老い母は娘等より早く駅に来ませり

静岡の駅より見上ぐる富士の山天を突くがに立ちはだかれる

夕闇の中に茜の富士の山際立ち見ゆるは稀なりと言う

見下ろせる川の流れは蛇行する道筋のごと水音もなし

渓谷を登る電車の無人駅に座布団置かるる待合室見ゆ

明り

超高層のビルの輪郭おぼろにて窓の明りの空に並べる

病院の見上ぐる窓に明り点き今日一日を送る人思う

乗る人の少なくなれる夜の電車に帰りを急ぐ心せかれて

新雪を踏みしめ歩む足音を束の間楽しむ通勤の朝

急ぐらし幼稚園児の子を追うて幼子抱える母走りくる

三月四日

この朝の車窓に広ごる青き空長雨上がりし三月四日

白線の内側なるを確かめつつ幼な待ちおり車の過ぐるを

同じ場所同じ時刻に出会う君目線を下にすれ違い行く

お笑いのテレビに見入る受験生の子は声立てて笑いおりたり

勉強はと言いたき言葉飲み込みて厨に立てり落ち着かぬまま

合格の喜び示さぬ吾子なれど幾度か発表の夢見しとう

桜大木

池水に触るるばかりに枝伸ばし桜大木の花咲き満つる

雨に濡れ太きその幹黒々し咲き満つる花の群れの真中に

薄墨の桜訪ねて根尾村へ花咲く里は賑わいており

一ゆらし風の過ぎしか一群の花びら散りてまた静もれる

群なして飛べる小さき鳥のごと花びら風に吹かれ散りゆく

見上ぐれば

見上ぐれば真青の空に一本の楓大樹の若葉広ごる

それぞれの色もつ雑木の若葉なり杉の樹林にはんなりとして

天守閣ゆ見回す四方の山並みに抱かれ伊賀はおだやかなりや

芭蕉翁の墓に詣づる人々の皆静かにも歩みゆくなり

石垣の間より一本抜き出でて咲ける蒲公英色鮮やけし

暖かき日射しを受けて広げいる白きページに小虫降りくる

高遠へ

高遠の桜に真向かうアルプスの青き山並み雪の残れる

千本余の桜の生うる高遠の花咲き満ちて空の見えざる

桜花盛んに散りおり高遠城の水無き深き掘割路に

開け放つ古りにし高遠藩学問所風に吹かれて桜花散り来る

奥津城の小暗き中に一本のしだれ桜の重々しかり

山裾の新芽出そろわぬ樹々の中白きこぶしの花咲きそろう

夏休み

静かなる通勤電車にリュック背負う幼の声のはずみて聞こゆ

夏休みを連れ立ちているらし兄弟かしこみ座れり通勤電車に

電車待つ人等ハンカチ揺らしつつ風起こしいる我と同じに

日本海にそそぐと言えりせせらぎの山裾巡り絶えなく流るる

風に揺れ葉の裏返す朴の樹はそれとわかりぬ木立の中に

重なりし襟元のごとく山並みの続く彼方に日の沈みゆく

ばたたん

ばたたんと幼な言葉に呼びし人再会したり四十年ぶり

ばたたんと幼な言葉に呼びし人は我を今なおたあちゃんと呼ぶ

ばたたんと幼な言葉に呼びし人病いに倒れ動きのままならず

平らかにすき返されし畑土の雨を含みて黒々と広ごる

吊革に身をゆだねつつ夜の街のネオンの連なり見やりて過ぐる

ちぎれ雲

台風の過ぎたる夕べちぎれ雲見上ぐる空に広ごりており

鈴虫の鳴けるを聞きつつ帰る道魚炊くらしほのかな匂い

湧く水の太平洋と日本海に分かれゆくとうここ分水嶺

長良川に沿いて上がりし国道の今し最上流地点に来たり

山あいの白川郷に降り立てば幟はためき祭にぎわう

秋の一日

見下ろせる一番ホールに真向かいて我の一打は空を切りたり

起伏せる山の中なるゴルフコース見上ぐる空の晴れ渡りおり

起伏せる山を開きしここグリーン四つの人影各々歩めり

ゴルフコースを囲める伊豆の山並みと同じ高さに我は立ちおり

都心なる樹々も色づき始めたり仕事の途上しばし眺めゆく

新年

新しき年の初めの初雪に燥ぎいるらし幼らの声

新しき仕事に就きて四度なる正月迎う迷いなくして

作りたき献立あれこれ浮ぶまま材料買いゆくわれが週末

紅葉せる欅大木のその下に色の同じき落ち葉散り敷く

新しき年に移ろうこの夕べ急ぎ過ぎゆく自動車いくつ

冬日詠

苛立ちを抑えるごとく見下ろせる神宮の森静もりており

人気なき朝の公園に日を受けて鳥しきりに餌をつつきおり

老人ホームのベッドの上こそ城ならん子と離れて住める媼は

訪ねゆく我を喜び迎えれど老い母早も帰りをせかす

祖母逝く

朝霧のかすめる中に富士の山頂のみがおぼろに見ゆる

百四歳の祖母逝きませり北国の春近き暖かき朝

自らを省みることの大切さ言い給いいし祖母大往生

命とう力の静かに消えゆくや病むこともなく祖母逝きませり

入学式

前を行く入学式の親子連れ過ぎし日の吾子を重ねてみたり

まろき芯を包むがごとく重なれる椿の花びら鮮やかなる赤

三分咲きの池のめぐりの桜大木雪を被きし樹々にも見えて

両の手にすくいてみたき桜花道の端に沿い散り積もりおり

ひとひら散り又ひとひらと花びらの散りくる道を歩み緩めて

兄逝く

若き日の野望とも思おゆ大望を譫言に言う病みます兄は

病院の窓より見ゆる満開の桜を知らずや病みます兄は

外国に倒れしままに歩くこと遂に叶わず兄逝きませり

九十九・九パーセントだめだと言う兄が言葉は最後となりぬ

鎮痛剤に蝕まれつつも親不孝を母に詫びおり病みます兄は

次々と働き盛りの兄が身を蝕みてゆく癌というもの

都心の夏

欅並木の大枝揺れて通勤の我らに風を送りてくれいる

超高層のビルを見上げているごとく古き商店数件並びぬ

都心なる昔ながらの店先を主は今朝はも掃き清めおり

あふれ出づる面の汗をタオルもて拭いてみたし通勤の朝

羽田発ち厚き雲をし抜け出づれば我が機は日の照る雲海の上

温根湯温泉

夜の川を神輿担ぎて上がりゆくここ北海道温根湯温泉の祭なり

燃えさかる篝火の音夜の川辺おちこちにして神輿渡御待つ

撥さばく法被姿のおさげ髪酔客の掛け声に笑顔を返す

若き日に訪ねし温根湯に今おりぬ川のせせらぎ変わらずと聞く

敬老の日とて訪れし母の家祭太鼓の音聞こえくる

燥ぎつつ走りていゆく子供らに気が付きぬ今日は秋の新学期

紅葉

いかほどの絵具使いて染まれるやそれぞれ色持つ山の紅葉は

紅葉の山肌横切り一筋の霧ゆるゆると移りゆくなり

わが脇の袋かさかさ鳴り出だし子は百四十キロのスピード出しおり

七五三の晴着を着たる女童の転びて泣きつつ写真に収まる

昔の店

三十年ぶりに訪い来しこの町に昔ながらの店を見出しぬ

思い出づる事のこもごもある町の雑踏の中歩みゆくなり

都心なるビルの一つを覆う蔦紅葉しており朱に黄色に

ちょろちょろと浅瀬を流るる水の音見上ぐる山は紅葉真盛る

君が歌集の上梓を祝える会にいて心新たに詠まんと思う

始発電車

大方の乗客まなこを瞑りいる始発電車の明かり眩しも

弾みつけ靴音高く駅の階上る青年我を追い越す

打ち上げしボールは我の意志持つや転がりゆきてチップインする

咲き満つる山茶花の紅映ろえるごとく散り敷く花びらの紅

語りかくる事のあるがに山茶花の花びら一つはらりと落つる

母我の夢とたしなめ子はひとり就職先を決めしと言えり

初日

雪積もる山の頂に登り来て初日を待てり老いも幼なも

頂に初日拝むと人らみな同じ方向き今かと待ちおり

ひんがしの空明るみて日の出づる前をたなびく雲の黒しも

するすると初日は雲より昇り出でしばしを位置を定むる如し

ピアノ弾く腕を上げて振りあおぐブロンズのあり彫刻の森

かすかなる風の過ぎしか立ち並ぶ杉の穂先の揺れしを見たり

朝の出勤

ベランダに洗濯物干す出勤前鳥の囀りちちと聞こゆる

あと二分苦しさこらえ目をつぶり走り続くる駅までの道

操車場の並ぶレールに朝日射し鋭く光を返せるもあり

曇り日の冬の朝に赤と黄のジャンパーはおる親子駆けゆく

改札を押し出さるる如出で来たりまともに浴ぶる朝日眩しも

さし昇る朝日に向かいて走るがにターミナル駅に線路の並ぶ

四月詠

雨上がりぬくとき朝街路樹に新芽のまろきふくらみを見ぬ

つかのまの事にあれど通勤の車窓に咲き満つる桜見てゆく

水たまりの形のままに散り浮かぶ桜の花びら水面を覆いて

ほつほつとつつじの花の咲き初めて冷えし朝を風に揺れいる

海の辺

薄もやのかかるが如く遠見ゆる山の雑木の萌えの浅くて

我のいる山辺は既に日の落つるも沖の白船日に光りており

白波をひきつつ港に帰りくる釣り船いくつ夕べの海に

一幅の絵画の如く大窓に海と島々収まりており

銀杏木の新葉幼く梢々の伸びゆく様の明らかなるも

伊那へ

畦道を行き交う人あり田植えする人あり伊那の五月半ばは

伊那谷の水田に出でて田植えする人らに五月の日の暖かし

伊那谷のめぐりの山並み若葉萌え後ろに雪のアルプス連なる

若葉萌ゆる伊那の山並み水張田に姿映して収まりており

小原節伊那の勘太郎の歌も出てお国ぶり見す披露の宴は

来賓の祝辞の如く花嫁は笑みを絶やさず宴果つるまで

ハイビスカス

けだるかる朝にわが見るベランダのハイビスカスの朱き大輪

日に向かい朱き大輪咲き盛るハイビスカスの強さ欲しきも

朝露の日に光るグリーンを転がれるボールの音の聞こゆる心地す

紅葉する山に薄靄かかれるは我の好める布の如しも

雨上がり

長雨の上がりて靄の立ちこむる朝の風の暖かかりけり

我が履ける靴の清しく磨かれいて雨上がりの朝歩みゆくなり

建築中のビルの高みにクレーン車の五基が腕を伸ばしいる見ゆ

ここですと印つけたる吾子よりのオレゴンの絵葉書飽かず眺めおり

外国に暮らせる吾子を想う時何故か浮かび来幼な日のこと

惜しみつつ真盛る胡蝶蘭の花切りしが節目に赤き新芽見え初む

鷗

羽ばたける鷗の群は打ち寄せて砕くる波と同じ白なり

空の色とわかず飛び交う鷗どり時に日に照りそれとわかりぬ

九十九里の海と空とを分かちいる水平線のくきやかなりき

水平線に点の如くに初日出て四方に伸び来る光の幾筋

それぞれに吾子等旅立ち平成四年晦日過ぎゆく夫と我二人

四首

背を丸め和服の老女過ぎゆくを里の母かとふと立ち止まる

暖かき日射しを受けて南総の山々やさし車窓に見つつ

一日の始まりなるに通勤の車中に声あげ罵る人あり

老い人につと立ち上がり席譲る中年の人いて今日のさわやか

春の旅

竹群に風のそよぎて竹の秀のゆらゆら揺れているおのもおのもに

回廊のひさしゆ落つる雨だれの砂利を穿ちて音立てており

それぞれの石の回りを苔の生う積み上げられし城の石垣

振り返る山より凪の立つがごと音たて我を追い来る雪あり

胡蝶蘭

白々と色変わり来て胡蝶蘭の蕾はんなり膨らみ初むる

咲きつぎて六つの花持つ胡蝶蘭の茎の曲がりて幽かに揺れいる

教わりしままに手入れせる胡蝶蘭の再び咲くをあかず眺むる

地下鉄の出口出づれば日比谷公園新葉の香りむせかえりくる

花びらを胸張る如く広げいる胡蝶蘭の花同じ向き持つ

尾瀬

一日を限りに咲くという日光黄菅花びらそらし咲き群れており

湿原に生うる綿菅のまろき穂の小雨に濡れて頭傾ぐる

湿原の花の名言いつつ歩みゆく空にひばりの鳴く声のして

丈低く白き花びら天を向き正座するがの御前橘

滝水の飛沫に濡れて花びらの白く小さきが一群れ咲ける

湿原は山より霧の降り来たり閉ざせる中をうぐいすの鳴く

湿原に夜霧たちこめ山小屋の明かりほつほつ灯り始むる

北海道へ

遠見えて雲のたなびく知床の青き山並みにバス向かいゆく

雪かぶるかと見紛えり知床の山並み白く雲に覆わるる

音たてて雨風吹ける知床の峠に大蕗葉裏を返す

湿原を蛇行し流るる川の面の夕日に照らい鏡のごとし

眼下は白き花咲く馬鈴薯の畑の広ごる狩勝峠

雲の上

帰宅する心せかるる夜の道に金木犀の香のにおいくる

我待ちて娘の作りくれしホワイトシチュー玄関開くれば匂い漂う

曇り日の空港発ちて我が飛行機陽光あふるる雲の上行く

飛び立ちし機の小窓より射し来たる光は機内のおちこちに動く

高層のビルの上より見下ろせば人の歩みのせわしきものなり

沖縄へ

靴脱ぎて珊瑚礁の浜を歩みいる幼と翁に日射しぬくとし

珊瑚礁の白き砂浜続きいて海はコバルトの色の透きおり

ほつほつとハイビスカスの花咲ける睦月二日の沖縄にして

銀色に穂先の光る砂糖黍収穫近しとう睦月沖縄

戦跡を訪ねいゆけば真摯なる少女等の遺影並びておりぬ

阪神大震災

震災の恐しき様話す吾子よ我らがもとへよくぞ帰り来し

露天風呂につかりて仰ぐ満天の星の耀き襲いくるごと

線路にし沿う丘傾り水仙の長き葉群のなぎ倒されおり

六十路越ゆる同窓の人らゴルフする掛け合う言葉少年の如し

重ね着を一枚取りてい行く朝梅咲く路に肩の軽しも

白梅紅梅

雪の上に散りたる白梅その色の同じくありて朝の日を受く

夜の道角を曲がれば香りくる雲のごとくに咲き満つ白梅

よべ降りし雨をふふめる紅梅の丸き蕾のふくらみ始む

白梅も紅梅も咲くこの道は朝夕通い心なごむも

よべの雨上がりし朝マフラーをはずせる襟元ぬくもり覚ゆ

カーネーション

沈みゆく夕日背にして秩父連山稜線くきやかに迫りくるごと

一杯のコーヒーを前に去りがたく一日のプレーに会話の続く

ひと夏を咲き継ぎてこし日日草にありがとうと言いたき心地す

草花に我との相性ありなんか花咲きくれぬ一種類あり

次々に丸き蕾の出でて咲く吾子のくれにしカーネーションは

咲き盛るカーネーションにくれし子の姿思いつつ水かけやりぬ

南米旅行

太平洋を越えてきて今機の下に初にわが見る北アメリカ大陸

雲海の上なる機にあり南米への着陸間近とアナウンスあり

この旅のハイライトなりアマゾンの川の上空に我の機はあり

対岸も何も見えざるアマゾンの大海原の如き辺に立つ

目覚むればアマゾンの朝はチリリリリピーヨピヨピヨ囀りに満つ

熱帯の朝の日の中枝々を飛び移る鳥はオレンジの色

魚取り土を耕しアマゾンの川辺に生くる人昔のままに

アマゾンの川の恵みのあるがままに生くる人らぞ手を振りくるる

南極大陸へ

南極へ発つ船二隻横たわるウシュアイアの町賑わいて

魔の海峡ようよう渡り目覚むれば朝日に映ゆる真白き大地

鋭角に海に落ち来る氷の大地そが彼方に思いを馳せる

南極の大陸横断したる人のレクチャー聞けり胸熱くして

みず色にみどりの色に反射する氷山もあり南極の海

我が船の半ば進みては阻まれぬ氷上雪降るルメール海峡

うねり立つ波とリズムをとるがごと南極鷗大洋を飛ぶ

食物の連鎖の営み保たれて極地に生きるペンギンの群れ

南極の海に浮かぶ氷山にアザラシ六頭身動きもせず

日本画に添えて（作品「八月のグリーンランド」）

神様の賜わせたりや静もれる極地の海に氷山聳ゆる

あとがき

この三月、八十三歳になったのを機に、今からちょうど四十年前、ある短歌会に入会して以来約二十年間詠み続けた短歌を上梓しようと思い立ちました。しまい込んで忘れかけていた短歌会の歌集を一昨年の引越しの際に見つけ出し、それを前にして私自身の歌集を作ってみたい、そんな思いがふつふつと湧いてきてこの度の上梓ということになりました。上梓といっても短歌会を離れていて、ご指導を頂いた先生も入会を勧めて下さった先輩の方もすでに逝かれて、アドバイスを頂くことも叶わず、私がただ作歌順にまとめたものにすぎません。

この二十年は三人の子供がそれぞれ大学へ、社会へと巣立ってゆく時期にあたり、三人の父親である夫の単身赴任も何回かありました。一首、一首読み返してみるとその時の光景、情景が鮮やかに甦り、自分の来し方にも思いを馳せることができて、まとめるという作業もよいものでした。

短歌会を離れてから、ある時、旅先からの友人の一枚のスケッチに心ひかれて、言葉に代えて絵筆を使って表現してみたい、そんな思いを持つようになりました。今はＮＨＫ文化センターで日本画家西野正望先生のご指導を受け描くことを楽しんでいます。この度の歌集の準備をしながら、これからは制作する日本画に短歌を添えてみる……そんな夢も膨らんできました。

出版という初めてのことで一からわからないことばかりでしたが、素朴な質問にも丁寧にお答え頂いたり、ふらんす堂の山岡様、横尾様には大変お世話様になり有難うございました。心より御礼申し上げます。また、この歌集作成の背中を強く押して応援してくれた夫に深く感謝いたします。

二〇二三年初夏

和里田孝子

著者略歴

和里田孝子（わりた・たかこ）

昭和15年（1940）　東京都板橋区に生まれる
36年（1961）　東京地方裁判所速記官
42年（1967）　退職　結婚
58年（1983）　大塚布見子主宰「サキクサ短歌会」入会
平成12年（2000）　退会
日本語教師　現在に至る

現住所　〒202-0015　東京都西東京市保谷町2-7-4

歌集　けやき

二〇二三年八月一〇日　初版発行

著　者——和里田孝子

発行人——山岡喜美子

発行所——ふらんす堂

〒182-0002 東京都調布市仙川町一—一五—三八—二F

電　話——〇三（三三二六）九〇六一　ＦＡＸ〇三（三三二六）六九一九

ホームページ　http://furansudo.com/　E-mail　info@furansudo.com

振　替——〇〇一七〇—一—一八四一七三

装　幀——君嶋真理子

印刷所——三修紙工㈱

製本所——三修紙工㈱

定　価——本体二六〇〇円＋税

ISBN978-4-7814-1582-6　C0092　¥2600E